KB073487

자스민,
자신의 가치를 믿어요

지금 모습 그대로도 충분한 너에게

자스민,
자신의 가치를 믿어요

알라딘 원작

Disney Ladies Series

디즈니 레이디스 시리즈

어렸을 때부터 어른이 된 지금까지
오랜 시간 동안 우리에게
따뜻한 위로와 진심 어린 응원을 전하고 있는
디즈니 애니메이션.

삶을 더욱 빛나고 단단하게 만들어준,
자신이 얼마나 가치 있는 사람인지 알게 해준,
디즈니의 여성들이 전하는 이야기입니다.

Prologue

아그라바 왕국의 공주 자스민과 좀도둑 알라딘의 이야기를 담은 애니메이션 〈알라딘〉.

겉으로 보기에는 화려하지만 사실은 답답한 것투성이인 궁전에서 자신만의 인생을 꿈꾸는 자스민과 어려운 환경 속에서도 점차 성장해나가는 알라딘. 이 두 사람은 삶을 스스로 바꾸었다는 공통점이 있습니다. 첫눈에 반한 자스민과 결혼하고 싶어 신분을 왕자라고 속인 알라딘은 램프의 요정 지니 덕분에 자신의 모습을 속여서는 안 된다는 사실을 깨달아요. 자스민은 반드시 왕자와 결혼해야 한다는 왕국의 법칙을 깨고, 삶의 행복과 사랑을 얻게 되었고요.
자신의 신념을 지키는 용기가 두 사람의 운명을 바꿨습니다. 《자스민, 자신의 가치를 믿어요》를 통해 원하는 미래에 한걸음 더 다가가기 위해 현재를 어떻게 살아야 할지 알게 될 거예요.

Character

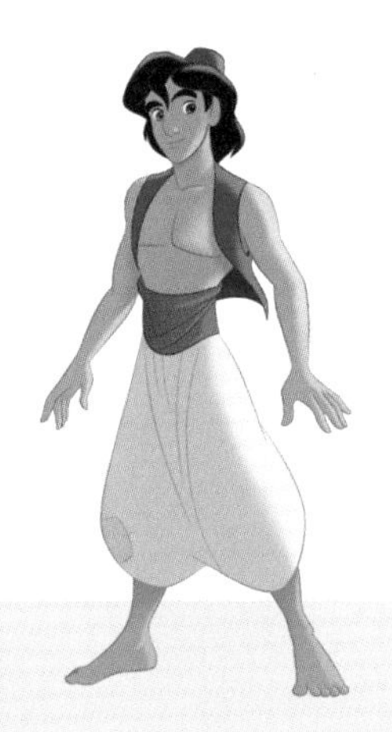

자스민

영리하고 현명하며 자유분방한 공주. 삶을 스스로 개척해나가는 능동적인 면모가 빛난다. 다른 사람의 내면을 들여다볼 줄 아는 뛰어난 안목을 가지고 있다.

알라딘

의리와 책임감이 있는 성격이다. 비록 가진 것은 없지만 자신감 넘치는 모습이 돋보인다.

지니

유쾌하고 유머러스한 램프의 요정. 세 가지 소원을 이루게 해주는 마법의 능력을 지녔다. 중요한 순간에 사람들에게 조언을 건네기도 한다.

자파

강력한 지배자가 되고 싶다는 욕심을 위해서 나쁜 일도 서슴지 않는 교활한 인물이다.

Contents

언제나 나다움을 잃지 않는 것부터

선택의 기로에 서 있다면

4

인생은 내가 만들어가는 거니까

1

오늘의 행복을 지키기 위해서

스스로를
지키는 힘을 길러요

주관이 뚜렷하고
자기 자신을 믿을 줄 아는 자스민.
이러한 내면의 강인함은
스스로를 지키는 힘이 되기도 해요.

고정 관념에
얽매이지 말아요

우리 주위에 있는 많은 고정 관념이
선택의 폭을 좁히고 있는 건 아닐까요.
가장 중요한 점은
내가 하고 싶은 일이
무엇인지 아는 것입니다.

다른 사람의 생각이 아닌
내가 어떤 생각을 하고 있는지 살펴봐야 해요.

'진짜'를 볼 수 있는 안목이 필요해요

자스민은 공주의 모습이 아니라
평범한 모습으로 시장에 나갔다가
우연히 만난 알라딘을 사랑하게 됩니다.
둘은 서로의 배경이나 조건이 아닌
그 속에 있는 마음을 본 것이죠.

연인이든, 친구이든 내면을 들여다보고
서로의 마음을 어루만질 수 있는 관계를 맺어야 해요.

순간적인 기지를 발휘해요

위기에 처한 자스민을 본
알라딘은 기지를 발휘해
자스민을 곤경에서 구해주었어요.
기지를 발휘한다는 것은
상황에 맞춰 유연하게 대처한다는 뜻이에요.
계획한 대로 삶이 진행되면 좋겠지만,
늘 예기치 못한 일들을 맞이하게 됩니다.
그래서 기지가 필요한 순간들이 많죠.

유연한 마음과 대담한 행동력은
삶을 더욱 멋지게 만들어줄 거예요.

진정한 친구를 만들어요

밝은 미소와 호탕한 성격으로,
누구와도 금세 친해지는 것이 알라딘의 매력이지요.
여러 주인님을 만났던
램프의 요정 지니 역시 알라딘에게
특별한 우정의 감정을 느끼게 돼요.
가까워지고 싶은 사람이 있다면
먼저 마음을 열고 다가가야 합니다.
친구가 되고 싶은 사람이 곁에 있다면
웃는 얼굴로 말을 걸어보는 것부터 시작하세요.

기쁜 일이 있을 때나 힘든 일이 있을 때,
언제나 함께 있어주는 진정한 친구는
인생을 더욱 아름답게 만들어주는 존재예요.

공감을
표현하는 것부터 시작해요

알리 왕자도 다른 왕자들과 똑같이
자신의 신분과 재산을 노리고 접근한다고
생각한 자스민은 차갑고 쌀쌀맞은 태도를 보입니다.
하지만 알라딘은 자스민이
감정을 솔직하게 드러내는 게 당연하다고 여기며,
그녀의 선택을 존중하고 공감을 표현합니다.
그 말을 듣고 나자 자스민은 알리 왕자가
다른 왕자들과 다르게 느껴졌어요.

좋은 관계는 서로의 말에 귀 기울이고

상대방의 마음을 이해하는 것에서부터 시작됩니다.

애정 어린 조언은 귀담아들어요

알라딘은 지니의 마법으로 왕자가 되었지만
자스민으로부터 외면을 당하게 됩니다.
어쩔 줄 몰라 하는 알라딘에게
지니는 '마음을 얻으려면, 사실대로 말해야 한다.'라고 조언해요.
하지만 알라딘은 그의 말을 듣지 않아요.
자신이 거리의 떠돌이라는 사실을 알게 되면,
무시당할 것이라고 생각했기 때문이에요.
자스민은 그런 사람이 아닌데도 말이에요.

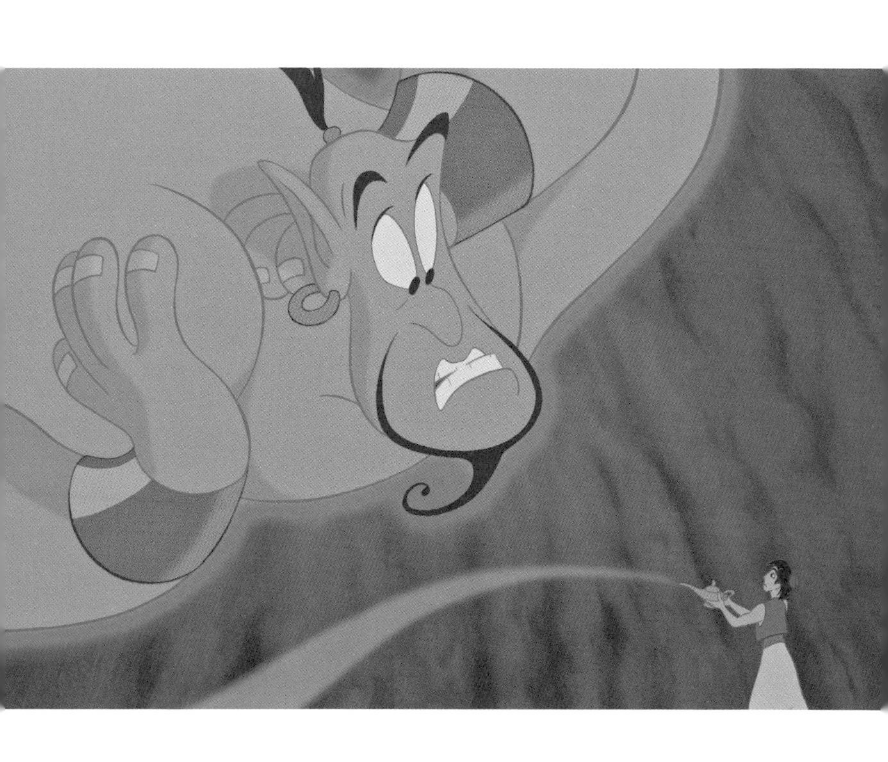

가족이나 친구, 연인 등

다른 사람의 조언에 귀를 기울여야 합니다.

친밀한 사람일수록 꼭 필요한 조언을 해줄 거예요.

애정 어린 조언은

혼자서는 생각하지 못할 것들을 돌아보게 만들어요.

이는 더 나은 모습으로 성장하는 계기가 됩니다.

달갑지 않은 말이라고 해서 거부감을 드러내는 대신

상대방의 진심을 왜곡하지 않고

순수하게 받아들이는 연습을 해보세요.

상대방을
있는 그대로 받아들여요

알리 왕자라고 거짓말을 한 행동에 대해
진심으로 사과하는 알라딘을
자스민은 원망하지 않고 용서해줍니다.
알라딘이 거짓말을 한 이유가
자신을 사랑하기 때문임을 잘 알고 있었거든요.
그리고 자신이 사랑한 사람은
알리 왕자가 아니라 알라딘이라고 고백하죠.

자스민처럼

상대방을 있는 그대로 받아들이면,

진실된 사랑을 얻을 수 있을 거예요.

좋은 대화는 좋은 관계를 만들어요

직접 만나 이야기를 나누다 보면
말투와 표정, 몸짓을 통해서
상대방의 감정을 느낄 수 있습니다.

내 감정도 잘 전달할 수 있고요.

중요한 일이나 진심을 전하고 싶은 일일수록

서로를 바라보며 대화하는 것이 좋아요.

하지만 감정적으로 흥분했을 때는

마음을 차분히 가라앉힌 다음에 만나는 것이 좋습니다.

다른 사람의 행복을
바라는 마음도 중요해요

알라딘은

오랫동안 램프에 갇혀 지냈던

지니를 위해서

마지막 소원으로 지니에게 자유를 선물했어요.

이처럼 누군가의 행복을 진심으로 빌어줄 수 있을 때,

자기 자신도 행복해질 수 있는 것이 아닐까요?

2

언제나
나다움을 잃지 않는 것부터

진실된 모습을 봐야 해요

자스민은 화려한 퍼레이드를 이끌고 온
알리 왕자를 잘난 척하는 왕자들 중 한 명이라고 생각합니다.
하지만 알리 왕자와 대화를 나누면서 서서히 생각이 변해요.
겉모습은 다른 왕자들과 똑같았지만
그 속에 숨어 있는 당당하고 멋진
모습을 보는 안목이 있었던 것이지요.

이처럼 편견을 버리고

내면을 들여다볼 줄 알아야 합니다.

감정을 숨기지 말아요

자스민은 항상 감정을 솔직하게 드러내요.
불편한 상황이 있다면 억지로 웃음 짓지 않고
좋은 일이 생기면 마음껏 기쁨을 표현합니다.

다른 사람이 아닌,
자신에게 솔직해지는 게 우선이에요.

자유는 무엇보다 소중한 가치예요

램프에 갇혀 있었던 지니가 간절히 원한 건, 자유일 거예요.
자유는 마음이 가는 대로 행동하고
타인의 속박이나 지배를 받지 않는 상태를 뜻해요.
전자는 원하는 때 원하는 일을 할 수 있는 자유를 가리키며,
후자는 다른 사람과의 관계에서 성립하는 자유를 의미합니다.
자신의 자유가 다른 누군가의 자유를 침해한다면,
그것은 자유가 아니라
제멋대로 행동하는 것에 지나지 않아요.

자신의 자유만큼 타인의 자유도
소중하다는 점을 잊지 마세요.

호감을 적극적으로 표현해요

호감이나 감사하는 마음은
숨기지 않고 그대로 전하는 것이 좋아요.
조금 쑥스러운 마음이 생기더라도,
다정하게 진심을 말해보세요.
상대방도 분명 기뻐할 거예요.

누구에게나
자신만의 특별한 이야기가 있어요

우리는 다양한 경험을 쌓으며

자신만의 이야기를 만들어가고 있는 중이에요.

행복하고 즐거운 이야기는 삶의 기쁨과 에너지가 되고,
괴롭고 슬픈 이야기는 사람을 단단하게 변화시킵니다.

이렇게 하루하루 성장하다 보면
어느새 근사한 사람이 되어 있을 거예요.

언제나
진실하게 살아가야 해요

신분을 감춘 채 지내던 알라딘은
자신과 자스민을 모두 속이는 것은 괴로운 일이며,
거짓된 모습으로는 삶을 바꾸기도 어렵고
사랑을 이룰 수도 없음을 깨닫습니다.
그리고 솔직하게 살아가는 것이
가장 좋다는 결론에 이르게 되죠.

진실된 마음은 모든 것을
긍정적으로 변화시킬 수 있는 힘이 있어요.

싫다고 말해도 돼요

싫다는 말을 하지 못해
의도치 않은 일에 휘말리거나
후회한 경험이 있나요?
아마 누구나 그런 적이 있을 거예요.
나의 선택은 남이 평가할 수 없어요.
싫은 것은 단호하게 싫다고 표현해도 돼요.

하기 싫은 일을 거절하는 것은
자신을 지키는 방법이기도 합니다.

미움받는 것을
두려워할 필요 없어요

다른 사람의 호감을 얻기 위해 무리하지 않는 것은
자신을 소중히 여기는 행동이기도 합니다.
호감을 얻으려고 애쓰기 전에
스스로를 사랑해야 함을 잊지 마세요.

다른 사람의 만족보다는
나 자신의 행복이 우선이에요.

소소한 일상에서 행복을 찾아요

열정적으로 앞으로 나아가는 것도 필요하지만,
매일의 일상을 충분히 즐기는 것도 중요해요.
조급함이 아닌 여유로움이 빛을 발하는 순간이 있어요.
오늘 하루는 바쁜 일을 접어두고
내 감정을 보살피며 쉬는 건 어때요?

작은 기쁨을 누릴 줄 안다면,
삶은 더욱 빛날 거예요.

자신의 모습을 억지로 포장하지 말아요

좋은 사람이 되고 싶은가요?
그렇다면 남들과 비교하며 부족한 점을 찾아
자기 자신을 낮추기보다는
먼저 내 안에 있는 좋은 점을 발견해야 해요.
당신은 충분히 가치 있는 사람이에요.
그러니 자신을 거짓으로 포장하지 않아도 됩니다.

남들이 뭐라고 하든 자신을 사랑하세요.

3

선택의 기로에 서 있다면

오늘의 눈물을
내일을 바꾸는 의지로 만들어요

살다 보면 실수를 저지르게 돼요.
속상한 마음에 눈물이 왈칵 나기도 하고요.
하지만 후회하기만 하면 아무것도 변하지 않아요.
똑같은 실수를 하지 않겠다는
단단한 마음가짐이 필요해요.

오늘의 실수는 미래를 위한 원동력이 되기도 합니다.

생각의 전환이 운명을 바꿀 거예요

선택의 기로에 놓일 때가 있어요.
어쩌면 삶을 바꿀지도 모르는 중요한 일들 앞에서
고민이 많아지는 건 당연한 일입니다.
하지만 별로 내키지 않는 선택지가 놓여 있을 때도 있어요.
자스민은 궁전 안의 규율을 지키며
살아가야 하는 공주의 운명이었지만,
자신이 원하는 바를 이루고 싶어
운명을 능동적으로 바꿔나갔어요.
눈앞에 원하는 선택지가 없다면,
자스민처럼 선택지를 스스로 만들어보면 어떨까요?

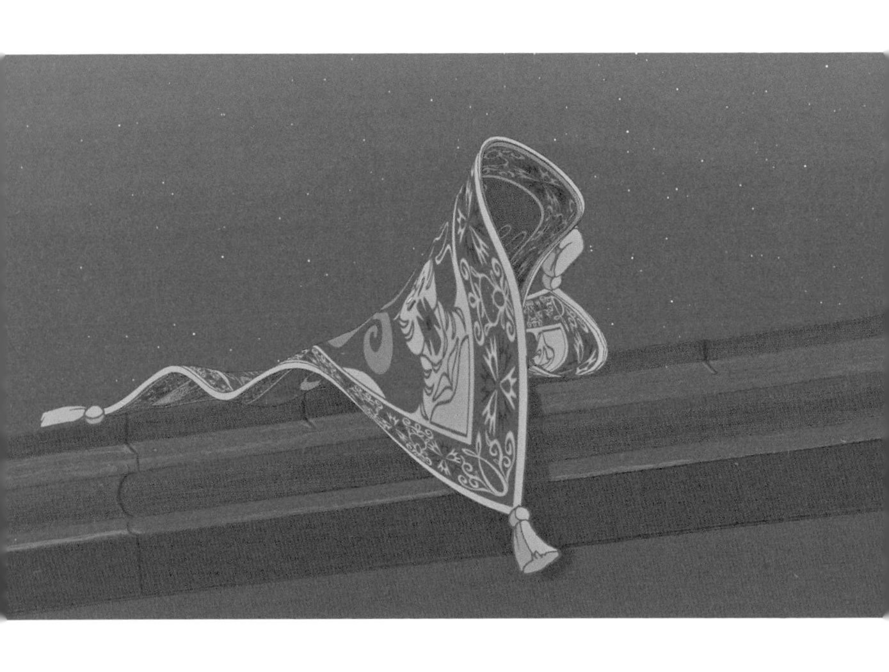

든든한 사람이 되어보세요

도움이 필요한 사람에게
도움을 주는 것, 그건 당연한 일이에요.
힘든 일을 겪고 있거나
혼자 외로움을 느끼고 있을
누군가에게 힘을 보태주세요.
상대방의 말을 들어주는 것만으로도 충분해요.

누군가 나를 필요로 하고 있다면
망설이지 말고 손을 내밀어보세요.

내 인생을 양보할 수는 없어요

청혼을 하러 오는 왕자를
모두 돌려보내는 딸에게
아버지는 자스민이 공주라는 점을 강조합니다.
이 말을 들은 자스민은
그렇다면 더 이상 공주로 살고 싶지 않다고 선언하지요.

자신의 인생을 양보할 수는 없습니다.
본인이 이해하고 받아들일 수 있는
인생을 만들어가는 게 중요해요.

거짓말은
문제를 해결하지 못해요

남에게 상처를 주지 않기 위해
혹은 누군가를 지키기 위해
어쩔 수 없이 거짓말을 하게 될 때도 있어요.
하지만 잘못을 감추고 단지 그 순간을 모면하려고
거짓말을 해서는 안 됩니다.
그렇게 내뱉는 거짓말은 더 큰 거짓말을 부르고
언젠가는 들킬 수밖에 없어요.

문제가 있다면 솔직하게 이야기하고
해결할 수 있는 방법을 찾아야 해요.

마음이 가는 대로 행동해요

마음이 어디를 향해 있나요?
내면의 소리에 귀를 기울여보세요.
그리고 자신의 마음을 따라가세요.

시간이 지나 후회하지 않도록
지금 하고 싶은 일에 최선을 다해보세요.

자신의 선택을 믿어요

자스민은 사랑하는 사람과의 결혼을 선택했어요.
사랑하지 않는 왕자와 결혼을 하게 된다면,
결혼 생활은 물론 자신의 삶도
불행할 것임을 알고 있었기 때문입니다.

자신의 선택을 믿고 앞으로 나아가보세요.

가끔은
마음의 소리를 들어보세요

처음 만나는 자리에서 직감적으로
좋은 사람 혹은 마음이 통하는 사람이라는
느낌이 들 때가 있습니다.
그리고 그런 직감은 의외로 잘 맞기도 해요.
알라딘과 자스민처럼요.
때때로 순간적인 감정을 따르는 것이 필요합니다.
감정에 충실하다는 것은
그만큼 솔직하다는 의미이기도 해요.
가장 나다운 생각이라는 뜻이기도 하고요.

사랑에 빠졌다면,

지금의 마음에 집중하세요.

올바른 판단력이 필요해요

자립심이란 인생을 남에게 맡기지 않고
스스로 판단하고 그에 따르는 결과를
받아들이는 마음가짐이에요.
누구에게도 의지하지 않는 것이라고 생각하기 쉽지만
진정한 자립심은 자신의 삶을 개척하기 위해
다른 사람에게 도움을 청하는
결단을 내리는 것도 포함된답니다.

혼자의 힘으로 도전해야 할지

다른 사람과 함께 헤쳐나가야 할지

결정하는 것도 바로 나 자신의 판단입니다.

가장 나다운 방법을 찾아야 해요

자스민은 시장에서 만난 알라딘을 사랑하고 있었습니다.
하지만 알라딘은 어리석음과 열등감에 사로잡혀
자스민의 마음을 알아채지 못했어요.
그래서 결국 거짓말을 해 신분을 속였죠.

우리는 문제가 발생되었을 때

섣부르게 잘못된 해결 방법을 찾기도 합니다.

그럴 때일수록 객관적으로 상황을 바라볼 필요가 있어요.

직면한 상황에서 한걸음 물러나

어떻게 문제를 풀어나가야 할지 곰곰이 생각해보세요.

답은 내 안에 있습니다.

가장 나다운 방법으로

문제를 해결해나가는 것이 중요해요.

4

인생은 내가 만들어가는 거니까

더 넓은 세상을 향해 나아가요

한 번도 궁전 밖으로 나가본 적이 없는
자스민은 바깥세상을 동경합니다.
궁전 안에서 호화롭게 살지만,
어느 것 하나도 스스로 결정할 수 없는
삶에 답답함을 느꼈기 때문이에요.
넓은 세상에서 자신만의 인생을 펼치고 싶었던
자스민은 결국 궁전을 나가기로 해요.

우리도 지금 서 있는 곳이 아닌,

더 넓은 세상으로 가고 싶을 때가 있어요.

용기를 내어보세요.

어쩌면 그곳에 새로운 삶이 있을지도 몰라요.

가치관을 존중해야 해요

사람들은 저마다 다른 가치관을 가지고 있어요.
어떤 가치관이 옳은 것이라고 단정 지을 순 없죠.
하지만 확실한 게 있다면,
다른 사람의 가치관도 존중해야 한다는 점이에요.

서로의 가치관을 존중하는 자세가 필요해요.

자신의 행복을
가장 소중하게 여겨야 해요

자스민은 궁전의 삶이 따분하게 느껴졌어요.
언제나 외로움을 느끼기도 했고요.
하지만 자신이 처한 일을 받아들이기만 한 건 아니에요.
현실과 타협하지 않고 스스로 상황을 바꾸고자 노력했어요.
자신의 삶을 책임지고 싶은 마음이 컸기 때문이에요.

삶을 행복하게 할 수 있는 사람은 자신뿐이에요.

매일 성장하고 있는
자신을 응원해주세요

인생에 우연이라는 요소는 없다는 말이 있어요.
모든 일에는 다 그만한 이유가 있다는 의미예요.
예상하지 못한 일이나
모르고 지나칠 만큼 작은 일이 모여
나를 만들어가고 있을지도 모릅니다.

우리는 언제나 성장하고 있어요.

의지만 있다면
인생은 달라질 거예요

살기 위해 도둑질을 하며

다른 사람에게 손가락질 받았던 알라딘.

하지만 결코 미래를 비관하거나 세상을 증오하지 않아요.

그리고 언젠가는 모든 것이 달라질 것이라고 믿죠.

우리는 어떤 환경에서 태어날지 선택할 수 없습니다.

불행을 환경이나 불운한 운명 탓으로 돌려도

아무것도 변하지 않아요.

불만족스러운 현재의 상황을 바꿔나가겠다는

의지를 잃지 않는 것이 중요해요.

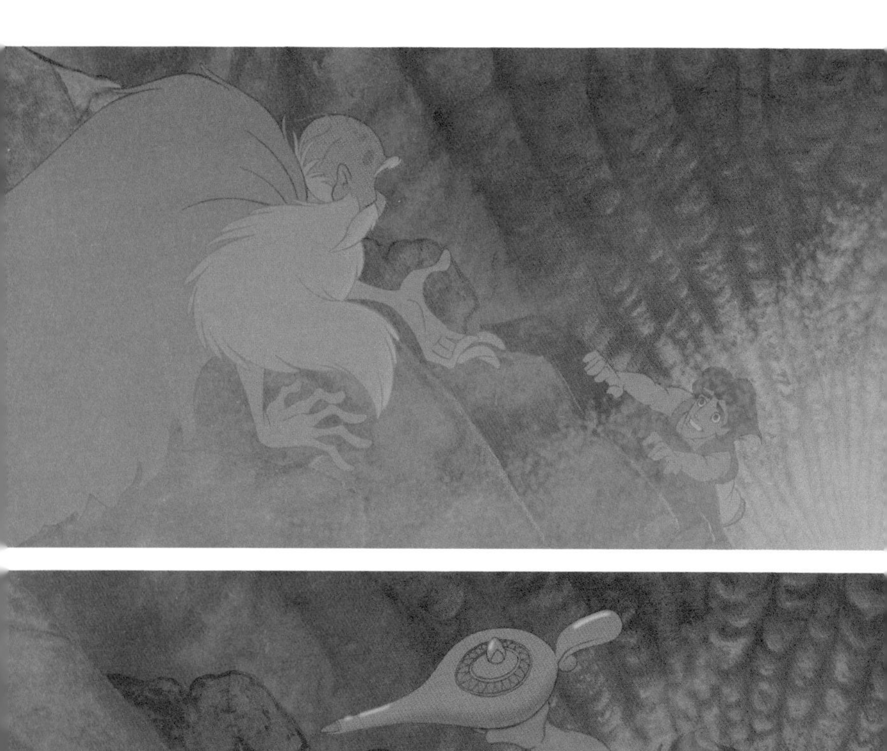

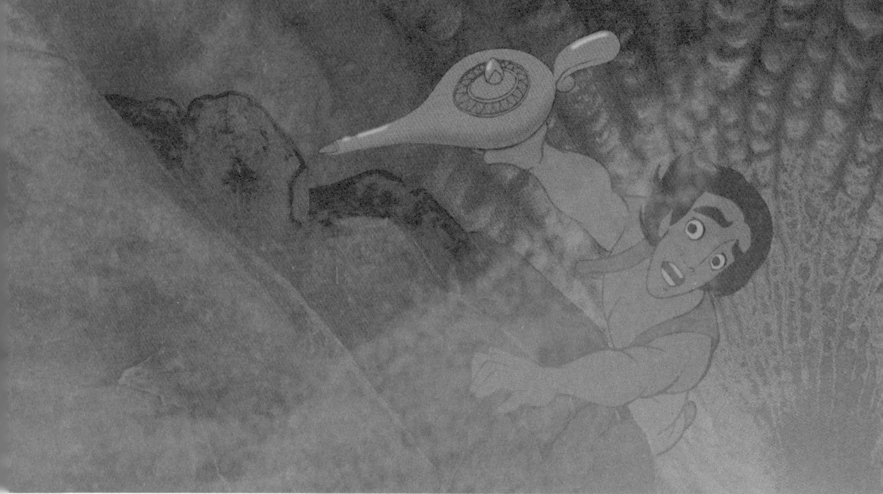

자신의 상황이 나아지도록

노력해보세요.

노력이 쌓이고, 쌓인다면

분명 인생은 달라질 거예요.

욕심보다는 만족이
삶을 풍요롭게 만들어요

지니는 점점 허황된 욕심만 커져가는 알라딘에게
거짓으로 얻은 게 많아질수록
진짜로 얻는 것은 작아진다고 충고합니다.

거짓으로 얻은 건 진짜 내 것이 될 수 없어요.

먼저 잘못을 인정해야 해요

누구나 잘못을 하게 됩니다.
중요한 건 그다음이에요.
자신의 잘못을 인정하면
다시 일어설 기회를 얻을 수 있어요.
자신의 잘못을 인정하는 일이 쉽지 않겠지만,
더 멀리 내다본다면 꼭 필요한 일이에요.
그러고 나면 앞으로 어떻게 해야 할지
분명한 해결책을 발견하게 될 거예요.

멋진 미래가 기다리고 있어요

자스민과 알라딘이 함께
마법 양탄자를 타고 하늘 위를 돌아다니는 장면을 기억하나요?
자스민은 하늘을 나는 여행을 통해 새로운 세상을 보게 됩니다.
그때 바라본 세상은 그녀에게 놀라움 그 자체였어요.
기쁨과 가슴 벅찬 설렘을 느낀
자스민은 원래의 삶으로 돌아갈 수 없었어요.
멋진 미래가 자신을 기다리고 있음을 알게 되었기 때문이에요.

모험은 인생의 전환점을 만들기도 해요.

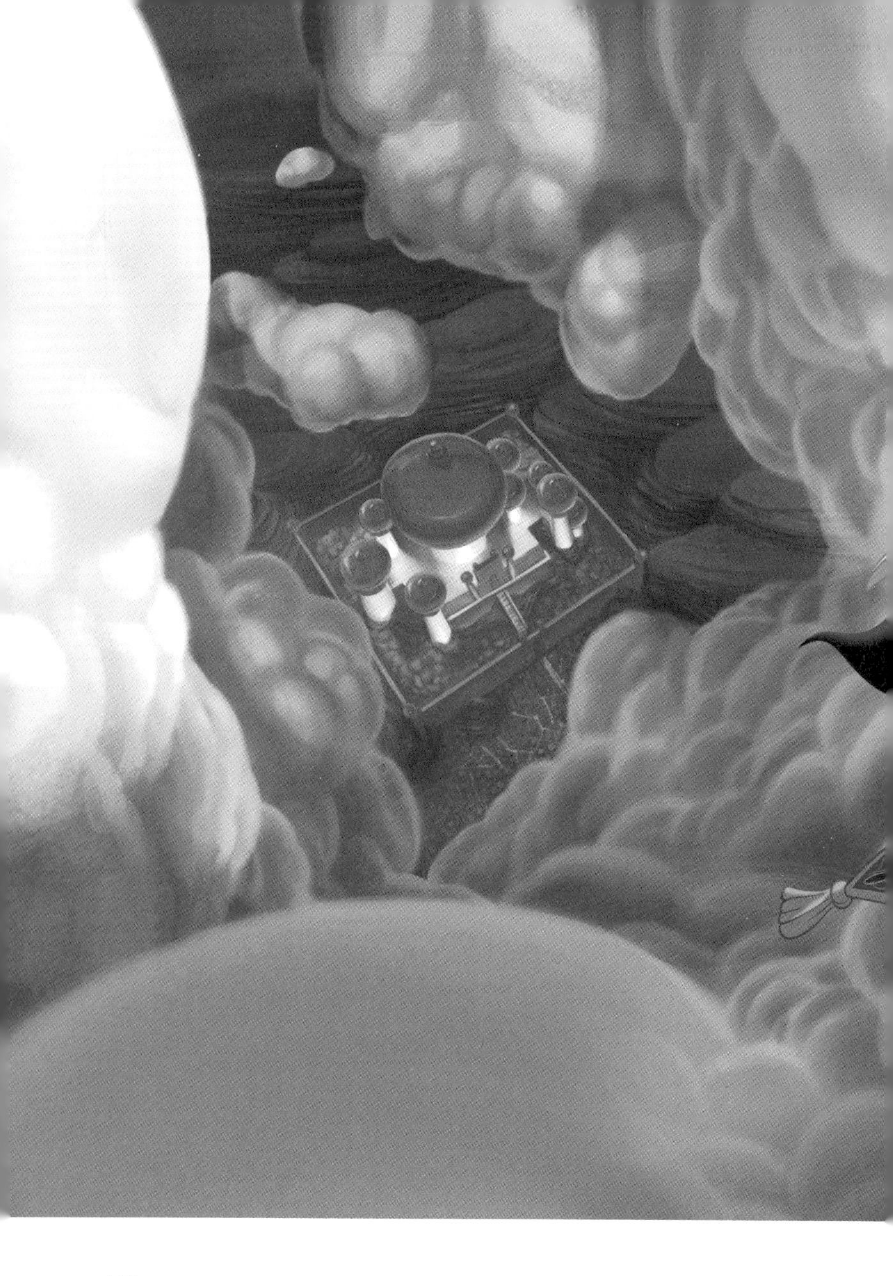

할 수 있다고 주문을 걸어요

원하는 대로 될 거예요.

인생은 내가 만들어가는 거니까요.

내 힘으로 삶을 바꿀 수 있다는 것,

설레지 않나요?

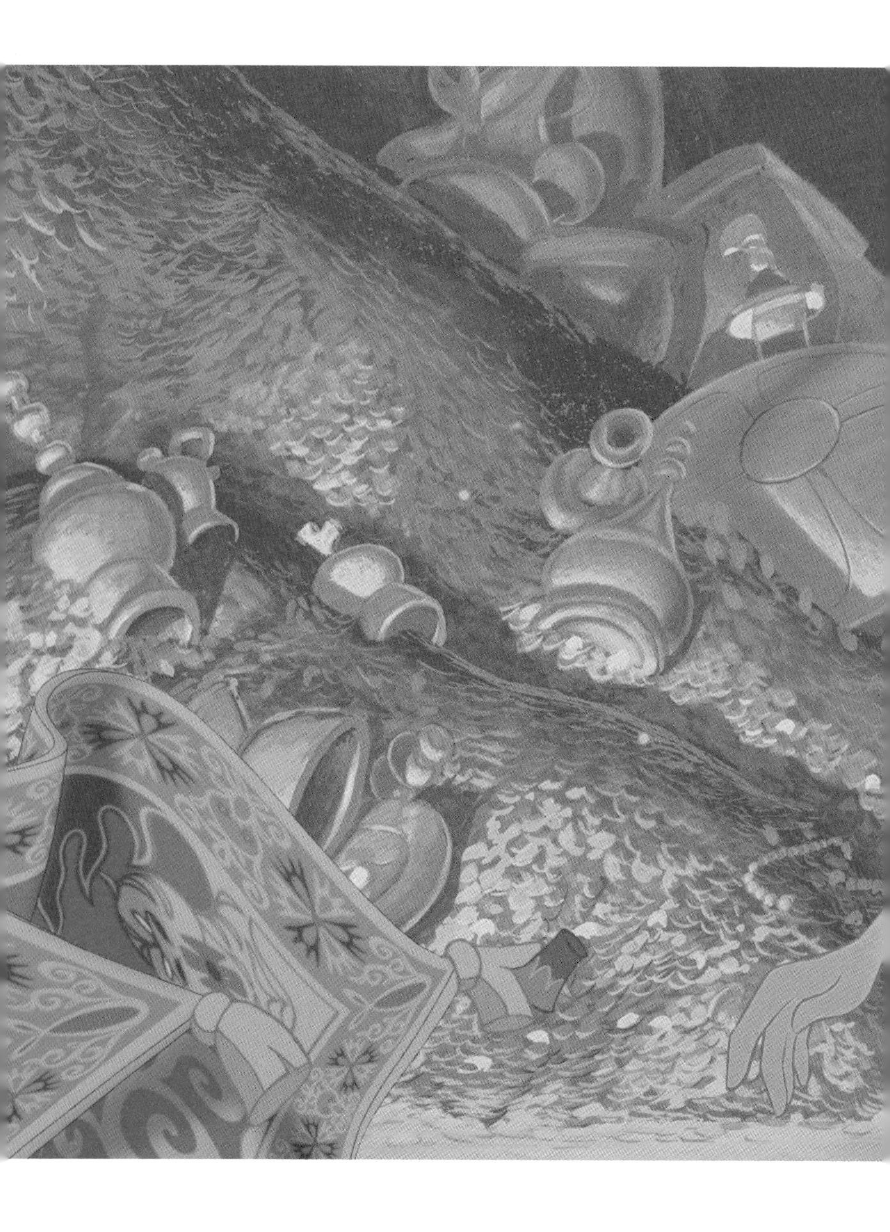

신뢰는 강력한 힘을 가지고 있어요

알라딘은 자스민에게

"나를 믿나요?"라고 물으며 손을 건네요.

자스민은 그런 그의 손을 잡아요.

서로에 대한 신뢰는 모든 관계의 기본이에요.

믿음이 없으면 관계가 지속되기 어렵죠.

또, 누군가가 자신을 믿어준다는 사실과
누군가를 믿을 수 있다는 사실 자체만으로도
세상을 다 가진 것 같은 든든한 마음이 들기도 합니다.

Epilogue

자스민은 언제나 자신이 바라는 일, 자신이 사랑하는 사람을 가장 우선시합니다. 비록 그것이 관습에서 벗어난 일이라도, 남의 눈치를 보지 않고 스스로를 믿고 솔직하게 행동합니다. 원하는 삶과 사랑하는 사람을 모두 얻은 건 그녀의 솔직함과 강인함 덕분일 거예요.

살다 보면 무수히 많은 일을 겪게 돼요. 눈앞에 있는 막막한 현실에 좌절하기도 하고, 많은 선택지를 두고 고민하기도 하고, 가끔은 후회하는 일도 생기기 마련이에요. 하지만 이 모든 것은 삶의 작은 일부입니다. 조금씩 성장하면서 더 나은 내가 될 거예요. 때로는 힘들지만 결국엔 행복해질 것이라고 생각해보세요. 그리고 자신의 가치를 믿으세요. 당신이라면, 무엇이든 해낼 수 있을 거예요.

자스민처럼 감정을 숨기지 않고 진정한 삶의 의미를 추구하며 마음이 가는 대로 울고, 웃으세요. 자기 손으로 운명을 만들어 나가길 바랍니다.

옮긴이 정 은 희

고려대학교 영어영문학과를 졸업한 후 출판사에서 교육서적을 기획하고 편집했다. 오랜 꿈을 이루기 위해 글밥아카데미 번역가 과정을 수료하고, 현재 바른번역에서 전문 번역가로 활동 중이다. 옮긴 책으로 《하버드 행복 수업》, 《곰돌이 푸, 행복한 일은 매일 있어》, 《미키 마우스, 나 자신을 사랑해줘》, 《디즈니 프린세스, 내일의 너는 더 빛날 거야》 등이 있다.

자스민,
자신의 가치를 믿어요

1판 1쇄 인쇄 2020년 4월 8일
1판 1쇄 발행 2020년 4월 20일

원작 알라딘
옮긴이 정은희

발행인 양원석 **편집장** 차선화
책임편집 윤미희 **디자인** 이재원 **영업마케팅** 양정길, 강효경

펴낸 곳 ㈜알에이치코리아
주소 서울시 금천구 가산디지털2로 53, 20층(가산동, 한라시그마밸리)
편집문의 02-6443-8854 **도서문의** 02-6443-8800
홈페이지 http://rhk.co.kr
등록 2004년 1월 15일 제2-3726호

ISBN 978-89-255-6916-1 (03800)